Henry Fielding

Die Briefschreiber oder neues Mittel eine Frau zu Hause zu halten

Mannheimer Schaubühne

Henry Fielding

Die Briefschreiber oder neues Mittel eine Frau zu Hause zu halten
Mannheimer Schaubühne

ISBN/EAN: 9783743478404

Hergestellt in Europa, USA, Kanada, Australien, Japan

Cover: Foto ©Andreas Hilbeck / pixelio.de

Weitere Bücher finden Sie auf **www.hansebooks.com**

Mannheimer Schaubühne.

Zweiter Band.

Mit allerhöchstem kaiserlichem und höchstem kuhrfürstlich-pfälzischen Privilegium.

Mannheim 1781.
Im Verlage der Herausgeber der ausländischen schönen Geister.

I.

Die Briefschreiber.

II.

Der junge Geizige.

III.

Walwais und Adelaide.

———

Die Briefschreiber

oder

neues Mittel

eine Frau zu Hause zu halten.

Ein Schauspiel in drey Aufzügen.

von

Heinrich Fielding, Esq.

Mannheim 1782.

Personen.

Mannspersonen.

Rekel.

Nichtswerth.

Hr. Weise.

Hr. Sanfte.

Risico.

Johann.

Tuckmäuser.

Frauenzimmer.

Mad. Weise.

Mad. Sanfte.

Betty.

Häscher, Menscher, Geiger, Bedienten ꝛc.

---

besseren Verständniß dieses Lustspiels dienet zur Nachricht, daß es in England eben nichts ungewöhnliches ist, mit der Pfennigpost anonymische Briefe zu erhalten, worinnen Feuer und Schwerd gedrohet wird, falls man nicht an einem angezeigten Orte eine gewisse Summe hinlegt. Auf solche Briefe gründet sich die List der beyden Ehemänner. A. D. Ü.

Erster Aufzug.

Erster Auftritt.

(Eine Straße)

Rekel. Risiko.

Rekel. (liest einen Brief)

„Mein Herr!"

„Ihre Aufführung hat mich zu dem Entschluß
„gebracht, sie nie wieder zu sehen; finden
„sie inskünftige wieder Zutritt in dieses Haus,
„so wird es wenigstens nicht mit meiner Ein-
„willigung geschehen; denn ich wünsche, sie
„möchten sich nach diesem nie erinnern, daß wir
„einander gekannt haben.

Lucretia Sanfte."

So! wurde der Brief aus dem Fenster geworfen, he?

Risiko. Ja, Herr, aus dem Fenster. Ich riethe schon aus dem Gesichte der Schindmähre Susanne, daß nichts Gutes darinnen seyn würde. Ich weis allemal die Laune der Frau aus dem Gesichte ihres Kammermädchens zu beurtheilen.

Rekel. Gut, der Himmel verleihe dir besseres Glück bey der zweyten Expedition! Hier, bringe diesen Brief der Madame Weise. Ich will warten bis du die Antwort bring'st.

Risiko. Aber, Herr —

Rekel. Nun, was ist's?

Risiko. Die Expedition kann sich möglicher Weise mit Prellen in ein Bettuch endigen, und das ist eine Gefahr, die ich nie gerne laufe, wann mein Magen leer ist.

Rekel. Tölpel! wenn ich selbst geprellt werden müßte, so wünschte ich so leer zu seyn, als möglich ist, aber du bist von des Epicur Religion, du denkst beständig an deinen Bauch.

Risiko. Die Ursache ist klar, ich bin immer hungrig. So lange ich Ew. Gnaden Fußtritte als Soldat folgte, erwartete ich keine bessere Kost, itzt aber, da ich zu der Ehre eines Kuplers erhoben worden bin, muß ich auch anders leben. Muß es einem nicht das Herz abfressen, wenn man herum läuft und sich die Nägel, wie ein verhungertes Skelet abnagt, und alle Tage so viele dicke, fette Brüder von dem nemlichen Handwerk in ihren Kutschen fahren sieht?

Rekel. Bringe mir nur eine Antwort, wie ich sie wünsche, und dann —

Risico. Versprechen sie nichts, Herr, sonst bekomme ich gewiß nichts — Wenn sie doch nur einem vornehmen großen Mann eben so sehr an Reichthum gleich kämen, als sie ihm an Versprechungen gleich kommen; o, da würde ich zwey oder dreymal mehr zu Mittag essen!

Rekel. Fort zu deinem Geschäfte! (für sich) Es ist ein Glück, daß dieser Kerl von seinem Herrn entloffen ist; denn wäre er wirklich Notarius publicus geworden, so hätte der Ort, wo er praktisirt, eine größere Bürde auf dem Halse gehabt, als wenn unſer ganzes Regiment da einquartiert worden wäre.

Zweyter Auftritt.

Rekel. Nichtswerth.

Nichtswerth. Hauptmann Rekel, ich bin ihr Diener.

Rekel. Jakob Nichtswerth! — Mein theurer Bruder Luſtig, willkommen in die Stadt: wie befinden ſich alle unſre Freunde im Quartier?

Nichtswerth. Alle beym Alten. Ich verließ deine beyden Kameraden und den Burgermeiſter ſo betrunken, wie Trommelſchläger.

Rekel. Der Burgermeiſter iſt wirklich durch und durch ein ehrlicher Kerl: ich glaube, er iſt ſeit ſeines tragenden Amt's nicht nüchtern geweſen; er ermuntert dieſe Tugend, als Obrigkeit, von der er als Wirth lebt.

Nichtswerth. Herrlich geſagt! Wenn der Burgermeiſter ein Gläſer wäre, ſo würde er auch das Fenſtereinſchlagen aufmuntern.

Rekel. Nun, was bringt dich denn zur Stadt?

Nichtswerth. Hauptsächlich meine eigne Neigung: ich will mich noch einmal recht in diesen reizenden Fluren der Unzucht und Völlerey herumtummeln, dann meinen letzten Abschied von diesem lüderlichen London, von allen meinen Brüdern Lüderlich, von allen Huren meiner Bekanntschaft nehmen — einen wonnevollen Monat bey den Freuden des Weins und der Mädchen zubringen — dann wieder aufs Land gehen, und in einen geistlichen Ueberrock schlupfen.

Rekel. Ha, ha, ha! hast du denn die Unverschämtheit, vorzugeben, daß es dein Beruf sey?

Nichtswerth. Ja, Freund, der gewöhnliche Beruf; man hat mir eine gute Pfarre versprochen. Hauptmann! ich sage ihnen, mein Beruf zur Frömmigkeit ist gerade wie der ihrige zur Ehre; sie fechten und ich will beten, gewiß aus dem nemlichen Beweggrunde.

Rekel. Wenn dein Priesterrock dir nicht deine Aufrichtigkeit raubt, so wirst du doch wenigstens eine Tugend drunter haben.

Die Briefschreiber.

Nichtswerth. Ja, ja; Aufrichtigkeit ist
, was man erwarten kann: diese macht den
:en Unterschied unter den Menschen. Alle
schen sündigen, aber einige verbergen ihre
ben. Das Laster ist uns so natürlich, wie
 Haut, beyde würden offenbar zu sehen
, wenn wir keine Kleider und keine Heuche-
ätten, um sie zu bedecken.
Rekel. Du bist ein vielversprechender Red-
du predigest recht orthodox.
Nichtswerth. Zum Henker mit dem Pre-
: — komm, wir wollen einen oder zwey
ige von dem neuen Trauerspiel sehen.
Rekel. Nein — ich nicht — ich gehe zu
n Trauerspiel — ausgenommen, zum Trau-
l von Thomas Daum.
Nichtswerth. Ein Trauerspiel von Tho-
Daum! was der Teufel ist das?
Rekel. Ha! es ist ein Trauerspiel, das
lachen macht: wenn ihre Predigten das
hun, so will ich einer von ihren Zuhörern

Nichtswerth. Kommen sie mit in's
hshaus.

Rekel.

Die Briefschreiber.

Rekel. Nein, ich habe mich versprochen.

Nichtswerth. Versprochen! Gewiß im Bordel, ich gehe auch mit.

Rekel. Das könen sie nicht, mein junger Levite, denn meines ist ein Privatbordel, sie würden nicht hereingelassen werden, wenn sie auch ihren Priesterrock anhätten.

Nichtswerth. Wenn ihr Rendezvous eben nicht recht nothwendig ist, so kommen sie mit mir: ich will sie zu einem schönen reizenden Mädchen, meiner Verwandtinn führen.

Rekel. Siehst du mich denn für dumm genug an, daß ich mich der Ceremonie unterwerfen und einem ehrbaren Frauenzimmer durch einen ihrer Verwandten mich vorstellen lassen sollte? — Hast du Lust mich an sie zu verheyrathen?

Nichtswerth. Nein, sie ist schon verheyrathet — ich habe ein Paar, so schön, als sie sie mögen gesehen haben, und beyde an alte Männer verheyrathet.

Reckel. O, wohl! dann verdienen sie meine Bekanntschaft, und du sollst mich dereinst zu ihnen führen.

Nichts-

Nichtswerth. Komm gleich, um mit der einen Thee zu trinken — sie wohnt hier in der Nähe — ich habe heute da gespeißt, und mein Oheim ist ausgegangen. Komm — es ist nur zwey Schritte über den Platz, bey den ersten zwo Lampen.

Rekel. Bey den ersten zwo Lampen?

Nichtswerth. Ja — nicht weiter — ihr Mann nennt sich Weise.

Rekel. Bey allem, was unglücklich ist! die nemliche Frau, zu der ich Risico gesandt habe! (bey seite)

Nichtswerth. Komm, itzt wollen wir die besuchen, und morgen will ich dich zu meiner andern Baase, Sanfte bringen.

Rekel. Beym Lucifer! da nennt er wieder eine meiner Geliebten. (bey seite) Hast du nicht noch mehr weibliche Verwandten in der Stadt?

Nichtswerth. Nein, sind zwo für deine unmäßige Begierden nicht hinlänglich?

Rekel. Allein, du scheinst so freygebig mit ihnen zu seyn; um's Publikums willen möchte ich wünschen, daß du mit allen Schönheiten der

Chri-

Christenheit verwandt wärest. Doch, diese deine zwo Baasen sind wohl von keiner ganz strengen Tugend.

Nichtswerth. Ha, ha, ha! — Sage ich denn nicht, daß sie jung und schön, und ihre Männer alt sind?

Rekel. Und du würdest es auch nicht übel nehmen, wenn man einen deiner Herrn Oheime zum Hahnrey machte?

Nichtswerth. Höre, Thomas, hättest du so viel gelesen, wie ich, so würdest du wissen, daß das Wort Hahnrey nicht so schimpflich ist, wie man sich einbildet: die Hälfte der großen Männer stehen als Hahnreye in der Geschichte einregistrirt. Ich es übel nehmen? Ha, ha, ha! das wird mein Oheim selbst nicht thun, denn die ganze Welt weis schon, daß er Hahnrey ist.

Rekel. Wie?

Nichtswerth. Ja, Freund; ein alter Mann, der öffentlich mit seiner jungen Frau in die Kirche geht, verkündiget diesen Titel laut genug. Doch komm mit zu meiner Muhme.

Rekel.

Rekel. Du mußt mich für diesesmal entschuldigen.

Nichtswerth. Wenn ich dir noch einmal so etwas anbiete, sollst du mir es gewiß nicht abschlagen: ich dachte du zögest eine Geliebte allen andern Geschäften vor.

Rekel. Ja, Freund, aber ich verfolge eben eine andre Geliebte, der ich mich schon vorher versprochen habe. — Hernach bin ich zu den Diensten deiner ganzen Familie.

Nichtswerth. Sey glücklich in deiner Unzucht — Im Kampfplatz will ich nach dir fragen — dein Diener. (ab)

Rekel. Der Deinige. Ein allerliebster Kerl! der wird meinen Liebeshändeln wohl keine Hinderniß in den Wege stellen, wenn er sie entdecken sollte.

Dritter Auftritt.

Rekel. Risico.

Rekel. Nun?

Risico. Ich habe Ew. Gnaden Brief mit größter Geschicklichkeit überliefert, und mit eben so viel Vergnügen bringe ich ihnen eine Antwort.

Rekel. (liest) „Seyn sie zur bestimmten „Zeit hier, mein Mann ist glücklicher Weise „nicht zugegen. Ich wünsche, daß ihre Glück„seligkeit, wie sie sagen, gänzlich in dem Ver„mögen ihrer Freundinn seyn möge

Elisabeth Weise"

Ja, für diesmal hast du deine Sachen recht gut gemacht, und zur Aufmunterung will ich dir alles Geld geben, was ich in meiner Tasche habe — Pos Blitz! ich habe nur sechs Pfenning — nimm sie und sey fleißig. (geht ab.)

Risico. Eine herrliche Aufmunterung, in der That! So gehts, wenn man einen armen, bettlerischen, lausichten — hätte ich halb so viele Geschicklichkeit in den Diensten eines vornehmen großen Herrn angewandt, ich wäre schon lange Hauptmann oder Friedensrichter in Middlesex — Aber so muß ich den leeren Mantelsack dieses schabichten unbesoldeten Fähndrichs schleppen. Hol's der Henker, was kann der erwarten, der nur Lumpenträger eines Lumpenträgers ist?

Vierter Auftritt.

(Weisens Haus.)

Madame Weise. Rekel. Betty.

Mad. Weise. O! dieser drohende Brief war überaus glücklich für uns: mein Mann war beständig zu Hause, so lange er glaubte, daß ich ausgehen würde: itzt, da er sicher weis, daß ich es nicht wagen werde, da sehe ich ihn wenig hier.

Rekel. Wie soll ich ihnen die Gütigkeit vergelten, daß sie meinetwegen mit Vergnügen zu Hause bleiben?

Mad. Weise. Eine Frau, die sich um ihres Geliebten willen einschliessen kann, denkt sich auch durch seine Gesellschaft hinlänglich dafür belohnt.

Betty. (im Hereintreten) O! Madame, der Herr ist nach Hause gekommen: hätte er nicht mit dem Bedienten vor der Thüre gezankt, er hätte sie gewiß beysammen angetroffen.

Rekel. Was soll ich thun?

Mad. Weise. Treten sie in dieses Kabinet, geschwind; was kann ihn so früh heimgeschickt haben?

Fünfter Auftritt.

Herr Weise. Mad. Weise.

Mad. Weise. O! mein Theurer! für diesmal thun sie mehr, als ihr Wort halten: das ist in der That gütig von ihnen, so viel früher nach Hause zu kommen, als sie versprochen hatten.

Hr. Weise. Der Herr Hypothek hat mich in meiner Erwartung betrogen; ich fürchte, es hat ihn ein anderer mit sich genommen. Laß mir meinen Schlafrock und Pantoffeln bringen, ich will heute nicht wieder ausgehen.

Mad. Weise. (für sich) O, Unglück! — die sind im Kabinet — Gott mein Kind, warum wollen sie den garstigen Schlafrock anziehen — er steht ihnen gar nicht gut — sie sehen gar nicht hübsch darinnen aus — gewiß nicht, mein Schatz.

Hr. Weise. Ba, ba! der Mann muß seiner Frau in allen Kleidern gefallen.

Mad.

Mad. Weiße. Nun, mein Lieber, wenn sie es so befehlen; ich bin immer bereit zu gehorchen. — Betty, geh, hol deines Herrn Schlafrock und Pantoffeln aus dem Kabinet — Mach die Thüre nicht zu weit offen, es steht Porcellan dahinten, du möchtest es umwerfen.

Hr. Weise. Komm, gieb mir einen Kuß, du siehst heute Abend recht schön aus, du kleiner Schelm. — Ah, Liebchen, ich will dir schon die Vergnügungen ersetzen, die du außer dem Hause vermissest.

Mad. Weise. So! und sie wollen nicht das Geld hinlegen, wo es die Spitzbuben begehrt haben, und wollen um zwanzig Guineen zu sparen, ihre arme Frau umbringen lassen?

Hr. Weise. Du wirst nicht umgebracht werden, so du zu Hause bleibst, und ich werde manche zwanzig Guineen dabey ersparen.

Mad. Weise. Aber ich werde alle meine Bekannte verlieren, wenn ich keine Gegenbesuche mache.

Hr. Weise. Und ich werde alle meine Qualen verlieren: ja, wenn ich diesen Verlust dem Schreiber des Briefes zu verdanken habe,

so

so bin ich ihm in der That sehr viele Verbindlichkeit schuldig; ich wollte gerne einen weit größeren Beutel voll Gold an den Hammer meiner Hausthüre angebunden haben, um das ewig daran donnernde rat — tat — tat — tat — tat — abzuhalten.

Sechster Auftritt.

Herr Sanfte. Die Vorigen.

Hr. Sanfte. Ihr Diener, Herr Weise, Madame, ihr unterthänigster Diener. Herr Weise, ein Freund von ihnen erwartet sie in Thom's Kaffeehaus.

Hr. Weise. Gut, wenn er gekommen ist, so muß ich dich wieder auf eine Stunde verlassen, meine Liebe. Nimm den Kabinetschlüssel und hole mir den Bündel Pergament aus dem Schreibtische.

Mad. Weise. Gleich, mein Lieber — (für sich) Das geht glücklich. (bey seite)

Die Briefschreiber.

Siebenter Auftritt.

Herr Weise. Herr Sanfte.

Hr. Sanfte. Nun, geht der Streich gut?

Hr. Weie. Nach Wunsch. Sie hat sich seitdem nicht wieder aus dem Hause gewagt. Diese Foderung von zwanzig Guineen, die sie meiner Frau machen, wird mir mehr nutzen, als wenn sie mir eine Anweisung auf die Bank von so viel Hunderten gegeben hätten.

Hr. Sanfte. Wenn doch ihr drohender Brief an meine Frau auch so gute Wirkung gemacht hätte; aber leider, er veranlaßt ganz das Gegentheil. Sie schwört, sie will itzt noch öfter ausgehen um ihren Muth zu zeigen: und um nicht zu tollkühn zu scheinen, macht sie mir noch die Unkosten, und hält einen Bedienten mehr. Statt zu Hause zu bleiben, geht sie aus und nimmt alles Schießgewehr mit sich — wenn sie Besuche abzulegen ausfährt, sieht ihr Wagen nicht anders aus, wie die Equipage eines Generals, der ins Feld zieht.

Hr.

Die Briefschreiber.

Hr. Weise. Wenn es bey mir so weit käme, ich wollte meine Thüren verschliessen, und unter dem Vorwand die Räuber abzuhalten, meine Frau einsperren.

Hr. Sanfte. Allein ich kann doch ihren Gespielinnen nicht mein Haus verbieten: ich würde mir ja ein ganz Regiment Weiber auf den Hals ziehen, die mir mein schlechtes Verfahren gegen meine Frau vorwerfen, und bey allen Assembleen und Besuchen als Hahnrey ausschreien würden. Könnte ich es durch List zuwege bringen, gut; aber ich kenne die Stärke des Feindes zu gut, um es durch Gewalt zu versuchen.

Hr. Weise. Dem Himmel sey Dank! meine Frau ist von einer ganz andern Gemüthsart.

Hr. Sanfte. Nehmen sie es mir nicht übel, Herr Weise, aber ihre Frau hat den Geist, den Muth nicht, wie die meinige.

Hr. Weise. Nein, Gott sey gelobet! denn von allen bösen Geistern ist der Geist einer Frau gewiß der schlimmste.

Hr. Sanfte. Warlich, eine solche Vollkommenheit kostet einen Mann eben so viel, als sie werth ist.

Hr. Weise. Was sind sie denn Willens zu thun?

Hr. Sanfte. Das weis ich nicht. Etwas muß ich thun; denn itzt sieht mein Haus wie eine Garnison aus; die Schildwachen lösen sich einander ab, und ich weis von keinem Feind, als meiner Frau, und die ist im Hause.

Achter Auftritt.

Mad. Weise. Die Vorigen.

Mad. Weise. Hier sind die Pergamente, mein Lieber.

Hr. Weise. Herr Sanfte, sie wissen die Nothwendigkeit, daß ich ausgehen muß, und werden mich entschuldigen.

Hr. Sanfte. Machen sie keine Umstände mit mir.

Hr. Weise. Wollen sie bey meiner Frau bleiben, bis ich wiederkomme; sie wird ihnen sehr verbunden seyn: sie können Picket spielen — sie spielen so nicht hoch, wie sie.

Mad. Weise. O! ich bin zu stark für ihn: er spielt nicht besser wie sie, und von ihnen gewinne ich allemal.

Hr.

Hr. Weise. Gut, gut, spielt nur, ich lasse euch beysammen.

(geht ab)

Neunter Auftritt.

Hr. Sanfte. Mad. Weise.

Hr. Sanfte. Ich bin nur ein schlechter Spieler, Madame, um ihnen aber die Zeit zu vertreiben —

Mad. Weise. (für sich) Wie soll ich ihn los werden? Ich habe itzt keine große Lust Picket zu spielen, Herr Sanfte.

Hr. Sanfte. Hm! sehr wahrscheinlich! jedes andre Spiel, das ihnen gefällt, wenn ich es spielen kann —

Mad. Weise. Nein, sie können es nicht spielen — gerade heraus zu sagen — ich muß einen Brief schreiben — ich bitte mich zu entschuldigen.

Hr. Sanfte. Ich will mir die Zeit mit einer von diesen Zeitungen vertreiben: hier ist das Pöbel-Journal das ist recht sehr gut, und hat viel Witz.

Mad. Weise. Allein — ich bin so eigensinnig beym Schreiben — das geringste Geräusch stöhret mich —

Hr. Sanfte. Ich bin so stille, wie ein Fisch.

Mad. Weise. Ich weis nicht, wie ich es ausdrücken soll — ich schäme mich über die Laune, — aber ich kann nicht schreiben so lange jemand im Zimmer ist.

Hr. Sanfte. Hm! sehr wahrscheinlich! man ist nicht allemal Schuld an seiner Laune — Nun, ich will in dieß Kabinet gehen — da bin ich schon bekannt. (er will hinein gehen)

Mad. Weise. (hält ihn zurück) Bey Leibe nicht! ich habe etwas darinnen, das sie nicht sehen dörfen.

Zehnter Auftritt.

Nichtswerth. Die Vorigen.

Nichtswerth. He! ist mein Oheim Weise noch nicht zurück gekommen?

Mad. Weise. Ich wundre mich, daß sie sich getrauen zurück zu kommen, es sey denn, daß sie mehr Lebensart gelernt, als sie heute bey Tische ge-

gezeigt haben; ihre Aufführung schickte sich sehr schlecht für das geheiligte Gewand, das sie bald anzulegen gedenken.

Nichtswerth. Schmähen sie so viel sie wollen, Frau Baase; ich habe mich von jeher entschlossen gehabt, meine Verwandten so selten als ich kann zu besuchen, und wenn ich es thue, mich nicht darum zu bekümmern, was sie sagen — Ich bin auch bey ihnen gewesen, Herr Oheim Sanfte, und bin eben so aufgenommen worden — Kommen sie, wir wollen eine Flasche Wein miteinander ausleeren — seit ich wieder in der Stadt bin, haben wir keiner einzigen Flasche Wein miteinander den Hals gebrochen.

Mad. Weise. (zu Nichtswerth) Um des Himmels willen, theurer Bruder, thun sie lieber alles, um ihn nur aus meinem Hause zu schaffen.

Hr. Sanfte. Nun, Vetter, ich will wohl; aber nicht mehr, als einen Schoppen.

Nichtswerth. Ja, ja, ein Schoppen ist der beste Weg zu einem Maaß.

Mad. Weise. Pfuy! das Thier!

Nichtswerth. (zu Mad. Weise) Sie können's bleiben lassen, wenn sie nicht wollen.

Hr. Sanfte. Frau Schwester, ihr gehorsamer Diener.

(gehen ab.)

Mad. Weise. Ich will aller Gefahr vor Ueberfall vorbeugen. (schließt die Thür zu) Hauptmann, Hauptmann! kommen sie heraus, die Kiste ist leer.

Eilfter Auftritt.

Mad. Weise. Rekel.

Rekel. Die Ehemänner machen verdammt lange Visiten.

Mad. Weise. Die Ehemänner? Ich habe ein halb Dutzend Besuche gehabt, seitdem er fort ist; ich dächte, sie hätten zugehört.

Rekel. Ich? gar nicht: ich habe mich an das andere Ende des Kabinets gesetzt, da fand ich ein Buch, betitelt, die ganze Pflicht des Menschen, damit habe ich mir die Zeit vertrieben.

Mad. Weise. Sie sind sehr gleichgültig in Gefahr.

Re-

Rekel. Ja, Madame, Gefahr ist mein Handwerk; und diese Art von Gefahren sind mir so bekannt, daß sie mich gar nicht rühren. Seit meinem mündigen Alter habe ich der ganzen Republick von Ehemännern den Krieg angekündiget.

Mad. Weise. Vielmehr ihren Weibern, wie ich fürchte.

Rekel. Nein, Madame; ich sehe die Frau allezeit als die Stadt an, und den Mann als den Feind, der die Stadt in Besitz hat; ich will nicht allenthalben brennen und schleifen, wo ich hinkomme; wenn ich aber den Feind aus seiner Festung getrieben habe, so ziehe ich so stille und friedsam ein, als man es sich nur einbilden kann. Nun, Madame, wenn's beliebt, wir wollen miteinander in's Kabinet gehen.

Mad. Weise. Wozu? Um die ganze Pflicht des Menschen zu lesen? Ha, ha, ha!

Rekel. Ja, mein Engel, und du sollst sagen, ich bringe das in Ausübung, was ich lese. (Er faßt sie in die Arme, Herr Weise klopft; sie erschrickt und reißt sich von ihm los.)

Hr.

Hr. Weise. (draußen) Was! habt ihr euch miteinander eingeschloſſen?

Rekel. Miteinander! O, zum Teufel, weiß er, daß ich hier bin?

Mad. Weiſe. Nein, nein, nein; nach ihrem Lachen, geſchwinde, geſchwinde.

Hr. Weiſe. (draußen) He, mein Kind, Herr Sanfte, hören ſie denn nicht; ſind ſie beym Spiel eingeſchlafen?

Mad. Weiſe. O, mein Lieber, ſind ſie da?

Zwölfter Auftritt.

Herr Weiſe. Mad. Weiſe.

Hr. Weiſe. (im Hereintreten) Wären wir nicht ſo nahe verwandt, dies Zuſammeneinſchlieſſen würde mir Gedanken machen. He! wo iſt mein Schwager Sanfte?

Mad. Weiſe. Leider! lieber Mann, mein Gottvergeßner Vetter iſt hier geweſen, und hat ihn mit ins Wirthshaus genommen.

Hr. Weiſe. Warum leideſt denn du, daß der Kerl in mein Haus kommt; du weißt doch, daß ich es verboten hab?

Mad.

Mad. Weise. Ach, mein süsser Schatz, ich kann ihre Thür nicht vor ihren eignen Verwandten zuschliessen.

Hr. Weise. Und was hast denn du vor, daß du dich so allein einschliessest?

Mad. Weise. Ich habe nur ein Bißchen gebetet, mein Lieber; doch die Briefschreiber, die Mordbrenner laufen mir so im Kopfe herum, ich dente mich nie sicher genug.

Hr. Weise. (für sich) Beglückte Stunde, da ich den gesunden Einfall hatte!

Mad. Weise. Das ist sehr gütig von ihnen, mein lieber Schatz, daß sie so bald nach Hause kommen.

Hr. Weise. O, auf meinem Weg nach der Stadt habe ich nur eben einkehren wollen; ich muß gleich wieder fort; ich muß mit dem Rathsherrn Langhorn sprechen, noch ehe ich schlafen gehe. Es thut mir leid, daß Schwager Sanfte weggegangen ist, er hätte dir die Zeit vertreiben können.

Mad. Weise. O, wenn's darauf ankömmt, ich kann meine Zeit recht gut allein in meinem Kabinet zubringen.

Hr.

Hr. Weise. Thue das, mein Kind; das Lesen ist eine unschuldige und lehrreiche Unterhaltung. Ich will, so viel ich kann, meine Zurückkunft beschleunigen. Ist dein Kabinet verschlossen, mein Schatz? Es sind Papiere darinn die ich mit mir nehmen muß —

Mad. Weise. Was ist zu thun? — hm! mein Lieber — ich — ich — ich habe den Schlüssel verloren, ich glaube. —

Hr. Weise. So müssen wir es aufbrechen, denn die Papiere sind von der äussersten Wichtigkeit — Nun, ich kann nicht warten; wenn du dich nicht erinnern kannst, wo du ihn hingelegt hast, so muß das Schloß aufgebrochen werden. Ich will einen Bedienten rufen.

Mad. Weise. Wohlan. (für sich) Unverschämtheit, stehe mir bey! — Hier ist er, hier, mein Schatz — ich verlaß mich auf Kühnheit und Unverschämtheit; ich will das äusserste wagen. (Sie öfnet die Thüre, Rekel läuft wider den Mann und wirft ihn auf den Boden; Rekel sieht die Mad. Weise an, sie zeigt auf die Thüre, und er läuft davon.)

Hr.

Die Briefschreiber.

Hr. Weise. O! ich bin ermordet.

Mad. Weise. Die Mordbrenner sind da! Mein Traum ist aus, mein Traum ist aus!

Hr. Weise. Meine Hörner sind heraus!

Mad. Weise. O! mein theurer Schatz, wie glücklich ist es, daß sie zu Hause waren! der Himmel weis, was er mir gethan haben würde, wäre ich allein gewesen!

Hr. Weise. Ja, meine Theure, ich weiß recht wohl, nur gar zu wohl, was er dir gethan haben würde.

Mad. Weise. O, laßen sie sich doch rathen, legen sie lieber das Geld hin, wo die Mordbrenner es verlangen, ehe uns noch was ärgeres wiederfährt.

Hr. Weise. Ich will dich zur Thüre hinaus werfen, ehe was ärgeres kömmt.

Mad. Weise. Mein Schatz!

Hr. Weise. Geschwind, gleich, bekenne, ist es schon geschehen, bin ich einer oder nicht?

Mad. Weise. Was sollten sie seyn, mein Kind?

Hr. Weise. Bin ich eine Bestie, ein Ungeheuer, ein Ehemann?

Mad.

Mad. Weise. Gott sey mir gnädig — der Schrecken hat ihnen das Gehirn verrückt. Ob sie ein Ehemann sind? Ja, ich hoffe es, was bin ich sonsten?

Hr. Weise. Ha! Krokodil! ich weis wohl, was für ein Dieb hier war. Ja, er war vielleicht ein Dieb, und du verstehst dich mit ihm, um mich zu bestehlen. O! du hast gewiß Einverständniß mit den Spitzbuben, die die Briefe uns zugeschrieben haben. Ein Weib kann am besten Geld von ihrem Manne erpressen.

Mad. Weise. O! barbarische, grausame, unmenschliche Beschuldigung!

Hr. Weise. Ist er denn so gut ein Hexenmeister, als ein Dieb? kann er durch ein Schlüsselloch kriechen? Wie kam er in dieses Kabinet? — Wie kam er in dieses Kabinet, ohne dein Vorwissen? Beantworte das. Gieng er durch die Thüre?

Mad. Weise. Ich schwöre bey —

Hr. Weise. Halt, halt. Du wirst dich gewiß ehe durch tausend Thüren durchschwören um dich herauszuwickeln.

Jo-

Die Briefschreiber.

(Johann kommt herein)

Johann. O! lieber gnädiger Herr, diesen Augenblick, als ich im Hof war, sahe ich einen Kerl der in's Kabinet der gnädigen Frau steigen wollte —

Hr. Weise. Wie!

Johann. Gehn sie nur ins Kabinet, sie werden finden, daß das Fenster ganz in Stücken zerbrochen ist.

Hr. Weise. O! die Spitzbuben! Johann, nimm das Licht und geh vor mir her.

Mad. Weise. O ganz wunderbares Glück! Itzt will ich behaupten, daß Rekel zu dem nemlichen Fenster herein gestiegen ist. Der Teufel selbst muß das Fenster eingeschlagen haben um uns zur Sünde aufzumuntern, weil er uns so gut aus dem Handel hilft — O! da kommt mein Mann; itzt, itzt ist die Reihe an mir zu zürnen, und er — muß um Verzeihung bitten.

Hr. Weise. Johann, wache sorgfältig die Nacht im Hofe. Bald werden wir nirgends sicher seyn.

Mad. Weise Gewiß nicht, wenn Diebe durch Schlüssellöcher kriechen.

Hr. Weise. O! mein Kind! ich bitte dich um Verzeihung; es thut mir leid, daß ich dich in Verdacht gehabt habe: Ich will's wieder gut machen, ich will — ich will diese ganze Woche bey dir zu Hause bleiben, trotz allen meinen Geschäften: du sollst mich an deinen Gürtel binden. Nun, sehe nicht so zornig aus, ich will deine Vergebung kaufen. Hier, hier hast du einen Beutel, um dein Geld drein zu stecken; — in kurzem will ich dir auch Geld geben, um es in deinen Beutel zu stecken. — Du sollst alle Tage im Hyde-Park frische Luft schöpfen, und ich will als Wache mit dir fahren: komm, du mußt mir vergeben, ich küsse dich bis du es thust —

Mad. Weise. O! du weißt den Weg, wie ich zu erweichen bin.

Hr. Weise. Ich habe ja nur gescherzt, ich dachte nie, daß du um das Briefschreiben wußtest.

Mad. Weise. In der That nicht?

Hr. Weise. Gewiß nicht; wenn ichs dachte, mag mir noch was ärgeres widerfahren, als bestohlen zu werden.

Mad.

Mad. Weise. Nun, spaßen sie hinfüro so nicht mehr —

Hr. Weise. Niemals; — doch ich darf keinen Augenblick verzögern, ich muß gehen —

Mad. Weise. Wollen sie mich heute Abend noch einmal verlassen, mein Lieber?

Hr. Weise. Entschuldige mich, mein Kind, ich muß.

Mad. Weise. Ich gehorche immer ihren Befehlen, ohne weiter nach der Ursache zu fragen.

Hr. Weise. Was für ein glücklicher Mann bin ich in meiner Frau! Wenn alle Weiber solch ein Seegen für ihre Männer wären, wie du bist, was für ein Himmel würde der Ehestand seyn!

Zweiter Aufzug.

Erster Auftritt.

(Eine Straße.)

Rekel. (hernach) Risico.

Rekel. Liebe und Krieg, wie ich sehe, erfordern die nemlichen Gaben; bey beyden muß man in der Gefahr unbekümmert bleiben. Ich weis nicht, ob es glücklicher war, daß mir diese List einfiel, oder daß ich den Risico auf dem Platz fand, ihn auszuführen. Meine Geliebte wird den Wink bald merken, und sich ihn zu Nutze machen; ich sehe auch sonst keine Wege, wie sie sich durchhelfen könnte — Nun, Schurke, wie ist es abgelaufen?

Risiko. Ich habe die Fenster tapfer eingeschlagen; ich habe Platz genug gemacht, daß Ew. Gnaden mit einer ganzen Kompagnie Grenadier hinein marschiren können; alles gieng ohne das geringste Geräusch ab. Hat sie denn die Dame so übel behandelt, daß ich ihre Fenster einschlagen müssen?

Rekel.

Rekel. Nein, Herr Frager; ich that es um der Dame eine Gelegenheit zu geben, zu sagen, daß ich von der Straße da eingebrochen wäre; denn als ich im Kabinet überfallen ward, machte ich mich selbst zum Diebe, um die Dame vor Verdacht zu schützen, und ihr aus dem Handel zu helfen.

Risico. So, wenn aber der Mann sie beym Wort halten, und vor Gericht führen sollte, wer würde Ew. Gnaden da heraushelfen?

Rekel. Daraus machte ich mir nichts: es ist besser, daß fünfzig solche Kerls, wie ich bin, aufgehenkt werden, als daß eine einzige Frau ihren guten Namen verlieren sollte. Doch, das Kabinet war mit Sachen von Werth angefüllt, und da ich keine angerührt, so würde mich das schon gegen alle niedrige Anklage schützen, wenn auch das ärgste geschehen sollte.

Risico. (bey seite) Es würde ihnen keine Schande seyn, wenn man glauben sollte, sie hätten alles gestohlen, was sie in ihren Taschen haben.

Rekel. Was murmelst du da? Horch, Schurke, geh nicht zu Bette, ich werde morgen früh erst nach Hause kommen. — Itzt, zu meiner erzürnten Schönen, vielleicht geht's da besser, als bey der gütigen.

>Soldaten sind glücklich, sie küssen, sie wandern
>
>Bey Tage, bey Nacht, von einer zur andern.

(ab.)

Risico. Geh deiner Wege, junger Satan; der alte Herr selbst kann nicht ärger seyn. Ich muß doch einmal überlegen. — Das Kabinet ist mit Sachen von Werth angefüllt, — mein Herr kömmt vor morgen früh nicht nach Hause, und ich kann leicht hinein kommen — zum Henker, ich will's versuchen. Ich laufe da keine große Gefahr auf der That ertappt zu werden; wenn ich also eine schöne Beute davon trage, — ja, so kann mein Herr dafür gehenkt werden. — Zum Teufel, wer kommt da?

Zweyter Auftritt.

Nichtswerth, mit Huren und Musicanten.
Risico.

Nichtswerth. (singt) Tal, lal, de ral lal — Itzt bin ich Alexander der Große, und du bist meine Statyra, und du meine Roxane — Hurensöhne, spielt mir Alexander des Großen seinen Marsch.

Erster Geiger. Ew. Gnaden, wir wissen ihn nicht.

Erste Hure. Spielt ein Runda hop hey sa; das ist mein Lieblingsstück.

Nichtswerth. Meinetwegen, mir gilt alles gleich.

(Die Musikanten spielen.)

Zweyte Hure. Komm, mein Schatz, wir wollen lieber in's Wirthshaus gehen; die Friedensrichter sind so scharf wider uns, wir könnten aufgenommen und in's Zuchthaus geführt werden.

Nichtswerth. An den Galgen mit allen Friedensrichtern, sie dürfen einen Mann von meiner Würde nicht anfallen. So bald sie wüßten, daß ich ein Lord wäre, würden sie uns alle wieder los lassen.

Erste Hure. Um Verzeihung, mein Schatz, ich wußte nicht, daß sie ein Lord sind.

Nichtswerth. Ja, mein Schatz, ja, Mylord Schlagtodt; ist mein Titel, aus dem Königreiche Irrland.

Risico. (der vorwärts tritt) Mylord Schlagtodt, ich freue mich, Ew. Gnaden in der Stadt zu sehen.

Nichtswerth. He, Risico, deine Hand, Kerl, ehrlicher Risico, du sollst mit ins Wirthshaus gehen, ich will dich mit einer Hure und einer Flasche Wein bewirthen — Aber horch — (er spricht leise zu ihm)

Erste Hure. Ein Lord, und so gemein mit diesem Kerl! dies ist gewiß ein Schreiber oder ein Lehrjunge, der mit seines Herrn Degen herumspaziert.

Zweyte Hure. Ich denke, es sey ein Beutelschneider, ein Spitzbube, und kein frisch in die Stadt gekommenes Mutterkind.

Erste Hure. Ey, hol ihn der Henker, da können wir noch was erwischen; wir wollen nicht mit ihm gehen.

Nichtswerth. Kannst du mir einen halben Gulden leihen, so thu'es: der Teufel soll mich holen, wenn ich dich morgen nicht wieder bezahle.

Risico. Von Herzen gerne, ich habe aber keinen Heller — mein Herr hat mich ausgeschickt, ich muß eilen —

Nichtswerth. Geh an den Galgen, du nichtswürdiger Hund! Kommt ihr Esel, spielt zu, in's Wirthshaus.

Erste Hure. Ich weiß nicht, was sie meynen, wir sind keine Gesellschaft für solche Leute, wie sie.

Nichtswerth. Das ist wahr, ihr seyd für einen Lord keine schickliche Gesellschaft, aber das thut nichts — viele Lords halten solche Gesellschaft — und da ich mich zu euch herablasse —

Erste Hure. Du, dich zu uns herablassen, Lumpenkerl!

Zweyte Hure. Du ein Lord! Du bist Schreiber beym Notarius oder Lehrjunge beym Trödler.

Erste Hure. Sitzest du hinter einem Schreibtisch, oder stehst du in einem Laden?

Zweyte Hure. Wisse, Kerl, wir sind nicht für dich.

Nichtswerth. Aber ich bin für euch — und das will ich euch gleich zeigen — Menscher, Huren —

Beyde Huren. Mord, Raub, Mord!

Nichtswerth. Das Donnerwetter soll euch fegen!

(er prügelt sie hinaus und kömmt wieder)

Erster Geiger. Ich wünschte, wir wären diesen Ritter los; wenn wir nur was von ihm bekommen.

Zweyter Geiger. Und ich wünschte, wir mögen nur mit ganzer Haut, und ganzen Geigen davon kommen.

Nichtswerth. Die habe ich bezahlt.

Erster Geiger. Ich wünsche, Ew. Gnaden wollten uns auch bezahlen; wir sind noch an einen andern Ort bestellt.

Die Briefschreiber.

Nichtswerth. Begehrt ihr unverschämte Hunde noch Geld für solche Musik? — Ich gebe euch keinen Heller: ihr seyd ein paar jämmerliche Fiedler, ihr kratzt, daß einem die Ohren weh thun. Man sollte euch eure Geigen auf dem Kopf zerbrechen.

Erster Geiger. Herr, sie reden nicht wie ein Mann, der Lebensart besitzt.

Nichtswerth. Nicht? nun so will ich wie einer handeln — (zieht den Degen) so bezahlt ein Mann von Ehre und Lebensart seine Schulden, ihr Hunde; ich will eure Kaldaunen heraushauen und Violin-Saiten daraus machen. Ein Paar feige Memmen; sie laufen vor einem davon. Beym Teufel, ich habe die ganze Armee in die Flucht geschlagen. Hannibal hätte nicht mehr thun können. — Es ist doch Sünde, daß so ein tapferer Kerl, wie ich bin, Pfaff werden soll.

(Es kommt ein Laternenjunge)

Hier, du Hurensohn, komm hier. Bist du die Sonne, oder der Mond, oder einer von den sieben Sternen?

Laternenjunge. Brauchen Ew. Gnaden ein Licht?

Nichtswerth. Ob ich ein Licht brauche? Ja, Schlingel, hältst du mich für einen Quäker? Denkst du, daß ich mein Licht in mir trage? Ich reise bey einem äufferlichen Lichte. So, voran, Hund, und leuchte mir zur Dunkelheit.

(geht fluchend ab.)

Dritter Auftritt.

(Sanftens Haus)

Rekel. Madame Sanfte.

Mad. Sanfte. Vergessen sie den Brief; es war die Würkung eines augenblicklichen Zorns, der aus einer dauerhaften Liebe entsprang; die Eifersucht ist der stärkste Beweis der Liebe.

Rekel. Einen solchen Beweis habe ich nicht gerne; wenn alle meine Geliebten mir solche Beweise geben wollten —

Mad. Sanfte. Alle ihre Geliebten? — Bravo!

Rekel. Madame, ich rede von ihnen in der vielfachen Zahl, und zwar aus Ehrfurcht,

wie

wie wir von Königen zu reden pflegen; denn wenn ich eine andre Geliebte auf dem Erdboden habe, so sey ich —

Mad. Sanfte. Mit ihr verheyrathet — das wäre Unglück genug für beyde. Glauben sie nicht, Hauptmann, daß, wenn ich einmal meine Nebenbuhlerinn entdecken sollte, es mir viel Unruhe machen würde. Der Verdacht einer Falschheit erregte meinen Zorn, allein die Gewißheit davon würde nur meine Verachtung erregen. Ich liebe sie nicht so stark, um mich zu betrüben, wenn ich sie falsch fände. Zum Henker mit der Eifersucht, ich will glauben, daß sie getreu sind.

Rekel. Bey allen Entzückungen die wir gefühlt haben, bey aller Wonne dieses Abends —

(man hört den Sanfte auf der Stiege)

Mad. Sanfte. O! Himmel! mein Mann ist auf der Stiege —

Rekel. Die Rache trift mich, noch ehe ich meinen falschen Schwur geendiget habe — Haben sie kein Kabinet — keinen Kamin, keinen Kasten? —

Mad.

Mad. Sanfte. Nein, kein andrer Weg als dieser führt aus dem Zimmer; er muß sie sehen — sagen sie nichts, sondern bücken sie sich, und geben Acht auf mich.

Vierter Auftritt.

Herr Sanfte. Die Vorigen.

Hr. Sanfte. O, was bin ich verlegen wesen den Kerl los zu werden — He! was ebts hier!

Mad. Sanfte. (verneiget sich diese ganze t über gegen den Rekel, der sich immer bückt)) versichre sie, mein Herr, mein Mann und sind ihnen unendlich verbunden; ich bedaure, er nicht zu Hause ist, um sich selbst zu beten.

Hr. Sanfte. Was ist's, mein Schatz? hat dieser Herr für dich gethan?

Mad. Sanfte. O, mein Theurer, es ist lieb, daß sie kommen; der Herr hat gar für mich gethan; er hat mich aus dem uspiel sicher nach Hause geführt. Wirk mein Theurer, ich bin dem Herrn unendb Verbindlichkeit schuldig.

Hr.

Hr. Sanfte. Ja, das sind wir alle beyde. Mein Herr, ich bin ihr unterthäniger Diener: ich danke ihnen gar sehr für die Höflichkeit, die sie meiner Frau erwiesen haben. Ich versichre sie, sie haben niemals jemanden eine Gunst erzeigt, der sie mehr und besser erkennen wird.

Rekel. (bey seite) Hol mich der Teufel, wenn ich das gethan habe: ich bin eben so höflich gegen viele Weiber gewesen, aber du bist der erste Mann, der mir dafür dankt.

Hr. Sanfte. Mein Herr, wollen sie ein kleines Nachtessen nicht verschmähen, so wird uns ihre Gesellschaft höchst angenehm seyn.

Rekel. Mein Herr, die Ehre würde auf meiner Seite seyn, aber zum Unglück habe ich mich heute bey dem Herzog von Pöbelburg versprochen.

Hr. Sanfte. Geben sie uns doch bald Gelegenheit ihnen unsre Dankbarkeit zu erzeigen.

Mad. Sanfte. Thun sie es doch bald.

Herr Sanfte. Mein Haus ist jederzeit für sie offen.

Rekel.

Nekel. Wirklich, sie machen mich durch so viele Danksagungen für eine Kleinigkeit recht beschämt. Es war blos mein Glück, das zu thun, was kein junger Herr von Lebensart abgeschlagen haben würde. Doch, ich will mich der ersten Gelegenheit bedienen und ihnen meine Aufwartung machen, und bin ihr gehorsamster, unterthänigster Diener — Nicht einen Schritt, mein Herr.

Hr. Sanfte. Ihr unterthänigster Diener.

(geht ab)

Fünfter Auftritt.

Herr Sanfte. Madame Sanfte.

Hr. Sanfte. Bey meiner Ehre, der höflichste, artigste Herr, den ich je gesehen habe.

Mad. Sanfte. Von der feinsten Lebensart.

Herr Sanfte. Ich habe meinen Schwager Weise besucht, und wen mußte ich da anders antreffen, als den elenden, jämmerlichen Schlingel, meinen Vetter Nichtswerth; der hat

Die Briefschreiber.

hat mich in's Weinhaus geführt und beynahe betrunken gemacht.

Mad. Sanfte. Er kam hieher, gleich nachdem sie ausgegangen waren. O, er war so grob, so ungeschliffen, wie allezeit; ich hab's ihm derb verwiesen; er wird wohl nicht wieder in unser Haus kommen. In der That, mein Schatz, er giebt solches Aergerniß; sie sollten ihn nicht dulden.

Herr Sanfte. Es wird ihm bald seine Stelle als Pfarrer auf dem Lande angewiesen werden, und dann sind wir seiner gänzlich los. Nun, mein liebes Kind, ich habe dir etwas Neues zu sagen; meine Schwiegerin Weise hat eben so einen Brief empfangen, wie du, darinnen wird ihr gedrohet, daß sie beym ersten Ausgang in ihrer Sänfte ermordet werden soll, wenn sie nicht zwanzig Guineen unter einen Stein hinlegt. Sie zeigt aber bey dieser Gelegenheit sehr viele Klugheit: denn sie bleibt zu Hause; sie geht nicht aus und setzt ihren Mann in tausend Aengsten, wie du thust.

Mad. Sanfte. Meine Schwester Weise hat auch so einen Brief empfangen? O, wie

D lieb

lieb ist mir's, daß sie mir das sagen! Ich bin ihr einen Besuch schuldig; und bey diesem Anlasse würde es ganz unverzeihlich seyn, sie nicht zu besuchen. — He! — ist jemand da? — Meine Sänfte, geschwind! — geh du und noch ein Bedienter und bewaffnet euch!

Hr. Sanfte. Du wirst doch nicht bey dieser nächtlichen Zeit ausgehen.

Mad. Sanfte. O, mein Lieber, es ist noch frühe, es ist erst zehn Uhr. Um der Welt willen möcht' ich es nicht vernachläßigen, besonders da sie weis, daß auch ich von ihrem Brief gehört habe. — Ihre Dienerinn, mein Schatz: mein Besuch wird nicht lange währen, ich will vor dem Nachtessen wieder hier seyn.

(geht ab)

Hr. Sanfte. War doch je so ein unglücklicher, elender Mann, als ich bin! Alle meine Anschläge, meine Frau zu Hause zu halten, machen nur, daß sie desto mehr ausgeht. Aber ich habe eine tugendhafte Frau; und tugendhafte Weiber sind itzt so selten, man kann sie nicht zu theuer bezahlen — O! eine tugendhafte Frau ist der größte Segen des Himmels.

Sechster Auftritt.

(Weisens Haus)

Rekel. Mad. Weise.

Rekel. Madame, es ist ein Zeichen ausserordentlicher Tapferkeit, sich nach einem solchen Ueberfall noch den nemlichen Abend wieder zu versammlen.

Mad. Weise. Was! sollt ich sie wieder zur Versammlung verleiten? ich, die ich den mehrsten Theil der Gefahr laufe?

Rekel. O, Madame, mir zum zweytenmale Nachricht von der Abwesenheit ihres Mannes zu geben, war so ausserordentlich gütig, daß ich ihnen nur auf eine Art dafür danken kann, und ich will ihnen so herzlich danken, mein theurer Engel, mein —

Betty. (kömmt eilig herein) O! so eben kömmt die Madame Sanfte.

Rekel. Madame Sanfte?

Mad. Weise. Warum hat man sie hereingelassen? Hatt' ich nicht befohlen mich zu verläugnen?

Betty: Sie sagte, sie wüßte gewiß, daß sie zu Hause wären, und wollte sie sehen. Gleich ist sie hier —

Rekel. (will ins Kabinet gehen) Die Thüre ist verschlossen.

Mad. Weise. Und mein Mann hat den Schlüssel — Es ist nichts daran gelegen, daß meine Schwester sie sieht.

Rekel. O! Madame, ihr guter Name ist mir lieber — Dieser Tisch wird mich verbergen.

(kriecht unter den Tisch)

Siebender Auftritt.

Mad. Sanfte. Mad. Weise.

Mad. Sanfte. O! meine Liebe, ihr unglücklicher Zufall rührt mich über die Maaßen, ich konnte nicht länger zu Hause bleiben, als mein Mann mir die Nachricht brachte.

Mad. Weise. Ich bin ihnen sehr verbunden, meine Liebe.

Mad. Sanfte. Sie sind doch wohl nicht erschrocken, meine Theure?

Mad.

Mad. Weise. Es ist unmöglich bey solchem Anlaß nicht zu erschrecken.

Mad. Sanfte. Ja, im Anfang, freylich. Wenn man aber Wache genug um sich hat, so ist doch weiter keine Gefahr dabey. Haben sie gehört, daß ich vor drey Tagen eben so einen drohenden Brief bekommen habe?

Mad. Weise. Und wagen sich doch noch so spat aus dem Hause?

Mad. Sanfte. Ha, ha, ha! habe ich nicht vielen Muth?

Mad. Weise. Ja, das gestehe ich, ich habe diese drey Nächte kein Auge zugethan.

Mad. Sanfte. Ich habe auch nicht viel geschlafen, denn die zwey letzten Nächte war ich auf dem Ball.

Mad. Weise. Sie wagen sich ja heraus, als wenn gar so etwas nicht geschehen wäre.

Mad. Sanfte. Es kostet mich nur einen oder ein Paar Bedienten mehr; deßwegen wird man nicht zu Hause bleiben; sie werden sich doch darum nicht länger einschliessen? Ich wollte nicht drey Tage nacheinander zu Hause bleiben, und wenn ich so viele Briefe bekäme, als binnen der Zeit mit der Post laufen.

Mad. Weise. Sie haben mehr Muth, als ich; die Furcht vor der Gefahr würde mir alles Vergnügen verderben.

Mad. Sanfte. O, sie furchtsames Geschöpfe! es giebt kein Vergnügen ohne Gefahr; allein dem Himmel sey Dank! mein Kopf ist immer so voll von Vergnügen, daß ich an keine Gefahr denken kann.

Achter Auftritt.

Herr Weise. Häscher. Bediente. Die Vorigen.

Johann. Ich will einen Eyd ablegen, ich habe ihn hineinsteigen sehen.

Mad. Weise. Um des Himmels willen! was giebt's?

Hr. Weise. Erschrecke nicht, mein Kind; Johann hat den Kerl, der heute hier war, wieder ins Kabinet hinein steigen sehen. Herr Häscher, das ist die Kabinetsthüre; da hat er den Schlüs-

Schlüssel, gehe er nur voran, wir wollen alle folgen.

Johann. Ja, ja, laßt mich nur gehen; packt ihr ihn nur feste, ich will ihm das Gehirn ausschlagen.

Mad. Sanfte. Ey, Schwester, wie sie zittern! nehmen sie ein Beyspiel an mir, und seyn sie nicht so erschrocken. Thomas, Peter, bringt eure großen Schiesgewehre herauf.

Neunter Auftritt.

Risico. Die Vorigen.

Häscher. Ergieb dich nur, wir sind zu stark für dich.

Johann. Bekenne, Spitzbube! bekenne. Wie viel sind eurer insgesammt?

Hr. Weise. Suche er seine Taschen aus, Herr Häscher.

Mad. Weise. } Was sehe ich?
Mad. Sanfte. } (bey seite)
— Hauptmann Rekels Bedienter!

Hr. Weise. Das ist genug; die Sachen sind bey ihm gefunden worden. Spitzbube! den Augenblick gestehe, welche sind deine Mitschuldigen? Du hast keinen andern Weg dem Galgen zu entgehen, als daß du deine ganze Bande angiebst.

Johann. Lerne deine Freunde verrathen, Galgenfrucht! wenn du wie ein vornehmer Herr stehlen, und nicht dafür aufgehangen seyn willst.

Hr. Weise. Du hast vielleicht auch den drohenden Brief an meine Frau geschrieben. Warum redest du nicht? Bekenne itzt, denn du wirst doch gehenkt werden, du magst bekennen oder nicht.

Häscher. Für dich wäre es wohl am weisesten gehandelt, wenn du deine Kameraden angäbest; denn dadurch rettest du dein Leben, und wirst für deine Spitzbüberey noch dazu belohnt.

Hr. Weise. Ist der Hund stumm? Wir wollen ihn bald sprechen machen.

Zehn

Zehnter Auftritt.

Nichtswerth. (betrunken und singend)
Die Vorigen.

Nichtswerth. Was zum Teufel, Oheim, halten sie um diese nächtliche Zeit noch das Haus offen? Ich dachte, sie schlichen sonst früher in's Bett.

Hr. Weise. Wie oft muß ich ihnen mein Haus verbieten?

Nichtswerth. Herr Oheim, sie können mir ihr Haus so oft verbieten, als sie wollen, so lange ihre Thüren offen stehen, werde ich's nicht übers Herz bringen können, vorbey zu gehen.

Hr. Weise. Sie sollen hier sehr warm aufgenommen werden.

Nichtswerth. So warm, wie sie wollen; denn es ist verdammt kalt draussen. Nun, wo ist ihr Wein? Sie werden doch diese ganze ansehnliche Gesellschaft nicht ohne Wein bewirthen? Was sind das für Leute? — Die Landmiliz?

Hr. Weise. Wenn ihr nicht gleich zu meiner Thüre hinaus geht, so wird man euch mit Gewalt hinaus treiben.

Nichtswerth. Der Teufel hole eure Thüren und eure Tische dazu! ich werfe euer Haus zur Thüre hinaus.

(er wirft den Tisch um und entdeckt den Rekel)

Eilfter Auftritt.

Die Vorigen. Rekel.

Johann. Mehr Diebe! mehr Diebe!

Häscher. Ich habe ihn feste.

Hr. Weise. O, mein Herr, dieser zweyte Besuch ist ausserordentlich gütig. Dies ist gewiß der galante Herr, der die gestohlnen Güter vegtragen sollte; die Sachen haben wir angehalten, und euch beyden, wird man eine schickliche Wohnung anweisen.

Rekel. O, verdammt!

Mad. Weise. Ohne Hofnung verloren!

Mad. Sanfte. Darf ich meinen Augen glauben?

⎫
⎬ (bey seite)
⎭

Hr.

Hr. Weise. (zum Risico) Du hast nur kurze Zeit zur Ueberlegung; so, geschwinde, bekenne auf ihn, und rette deinen Hals auf Kosten des seinigen.

Risico. Herr, wenn ich doch verrathen muß, so muß ich.

Hr. Weise. (zu Rekel) Kennst du den Herrn da?

Rekel. Höll und Teufel! was soll ich thun?

Häscher. Wie die Diebe einander anstarren! Habt ihr euch denn nie vorher gesehen?

Risico. Hol ihn der Henker! ich wünsche, ich hätte ihn nie gesehen. Ich werde seine Bekanntschaft, aller Wahrscheinlichkeit nach, theuer bezahlen müssen.

Hr. Weise. Du kannst der Strafe nicht anders zuvorkommen, als wenn du einen Eyd wider ihn schwörst.

Risico. Herr, ich will wider ihn schwören: er brachte mich zu diesem Bubenstücke, und er mag es verantworten. Ich habe nie dergleichen Diebereyen getrieben, bis ich mit

die-

diesem Straßenräuber mit diesem Mordbrenner bekannt wurde, der auf allen Heerstraßen von England geraubt und geplündert hat.

Rekel. Ha!

Häscher. Willst du schwören, daß dieser Kerl dem Herrn einen Brief geschrieben hat, worinn er droht seine Frau zu ermorden, so bald sie ausgehen würde?

Risico. Ja, das will ich; ich habe mit meinen eignen Augen zugesehen, als er ihn schrieb.

Hr. Weise. — Du hast ihn den Brief schreiben sehen?

Risico. Ja, gnädiger Herr.

Hr. Weise. (für sich) Der Kerl wird mir ohne andre Zeugen aus der Sache helfen.

Mad. Sanfte. Kann das möglich seyn? (bey seite)

Hr. Weise. Wenn also meine Frau ausgegangen wäre, so hättet ihr sie wirklich ermordet?

Risico. Ja, gnädiger Herr, das allererstemal.

Hr.

Die Briefschreiber.

Hr. Weise. (zu seiner Frau) Siehst du nun — hab' ich dir nicht als Freund gerathen? — Kurz, ich weis gar nicht, wann es sicher für dich seyn wird, auszugehen.

Mad. Weise. Sollte ich denn durch diesen Herrn ermordet werden?

Risico. Ja, gnädige Frau, er würde sie ermordet, und ich sie geplündert haben.

Rekel. Hund! Schurke!

Risico. Schilt nicht, Thomas; ich habe dir oft gesagt, wohin dich deine Spitzbübereyen bringen würden. Ich sagte dir, du würdest das Stehlen nicht eher lassen, bis du an dem Galgen hiengest.

Rekel. Schurke, das sollst du mir bezahlen!

Risico. Gnädiger Herr, lassen sie uns doch ja nicht zusammen einsperren; ich mag seine Gesellschaft nicht.

Hr. Weise. Herr Häscher, bringe er sie beyde in Sicherheit. Laß er jeden allein einsperren, morgen will ich schon da seyn.

Rekel. (zum Weise) Mein Herr, ich mögte gerne ein Wort mit ihnen allein reden.

Hr.

Hr. Weiſe. Herr Häſcher, hat er keine Waffen bey ſich?

Häſcher. Nein Herr, keine Waffen, und auch ſonſt nichts.

Nekel. (bey ſeite zum Weiſe) Wenn ſie mich anklagen, ſo wird das auf nichts, als ihre eigne Schande hinauslaufen. Geben ſie mir alſo lieber meine Freyheit. Ich bin gar nicht der Mann, für den ſie mich anſehen; mein Karatter wird es bezeugen, daß es meine Abſicht nicht war, weder zu ſtehlen, noch ſie zu ermorden, mein Verbrechen iſt von ſolcher Art, dem Himmel ſey Dank, es wird deswegen niemand aufgehangen werden. Der Kerl da, iſt mein Bedienter, wie aber und in welcher Abſicht er hieher gekommen ſeyn mag, kann ich nicht ſagen.

Hr. Weiſe. Iſt das alles, was du mir zu ſagen haſt?

Riſico. Glauben ſie ihm doch kein Wort: er iſt der verfluchteſte Lügner, der je aufgeknüpft ward. Gleich wird er ihnen noch ſagen, daß er auch einen Friedensrichter zum Bedienten gehabt habe, wenn ſie ihm nur glauben wollen.

Hr. Weise. Er sagt, du seyst sein Bedienter.

Risico. Sehen sie? da haben wir's. Bist du nicht ein gottloser Vogel, Thomas? Aber bald, bald wirst du alle deine Schelmereyen büssen müssen.

(Herr Weise winkt dem Häscher)

Häscher. Kommt, fort mit euch, du armseliger lumpichter Schurke! — du willst ein Spitzbube seyn, und hast keinen Heller im Sack.

Zwölfter Auftritt.

Hr. Weise. Mad. Weise. Mad. Sanfte.

Hr. Weise. Erschrecke nicht, mein Schatz; zu Hause bist du immer außer Gefahr. Schwester Sanfte, es thut mir leyd, daß sie mein Haus in solcher Unordnung antreffen.

Mad. Sanfte. Ich bedaure sie alle von Herzen, lieber Schwager; wer weis, wie bald uns das nemliche Schicksal trift. Sie wissen doch, daß wir auch so einen Brief erhalten haben?

Hr.

Hr. Weise. Wir müssen Mittel ausfinden diese Streiche an den Tag zu bringen. Meine arme Frau wird diesen ganzen Winter nicht ausgehen können.

Mad. Sanfte. Den ganzen Winter nicht? Das verhüte der Himmel! sie ist schon länger zu Hause geblieben, als ich gethan hätte, wäre die Gefahr auch zehnmal größer gewesen. Ich will lieber mein Leben, als meine Freyheit verlieren — Ich sehe keinen Unterschied, ob man im Grabe, oder in seinem eignen Hause eingeschlossen ist. Meine Seele ist solch eine abgesagte Feindin von aller Einschränkung, daß, wäre mein Körper eingesperrt, meine Seele würde nicht in selbem bleiben.

Hr. Weise. Zum Henker! schöne Lehren für meine Frau. Der Himmel gebe, daß dein Körper nie wieder in mein Haus komme! (bey seite) Wenn sie aber für sich selbst nichts fürchten, so sollten sie doch für ihren Mann fürchten.

Mad. Sanfte. Herr Schwager, die Frau, die ihren Mann so sehr liebt, als sich selbst, ist eine vortrefliche gute Christinn; und das muß

der

der unvernünftigste Mann seyn, der von seiner Frau verlangt, daß sie seinetwegen Vergnügungen entbehren soll.

Hr. Weise. He! he! sie werden doch zugeben, daß die Frau wenigstens einiger Vergnügungen ihres Mannes wegen entbehren soll.

Mad. Sanfte. O, gewiß! es ist ihre Pflicht; ohne Zweifel. Aber um frey zu reden, mir ist bange, wenn einmal die Vergnügungen einer Frau anfangen, dem Nutzen des Mannes zuwider zu laufen; wenn sie einmal anfängt größere Vergnügungen ausser Hause, als daheim zu finden, so werden alle drohende Briefe von ganz Europa nicht vermögend seyn, sie zu Hause zu halten.

Hr. Weise. O, weh! o, weh!

Mad. Sanfte. Um ihnen aber zu zeigen, daß ich von einer entgegengesetzten Meynung bin, so will ich die angenehmste Gesellschaft von der Welt verlassen, um heim zu meinem Manne zu gehen — Keine Umstände.

Hr. Weise. Bis an ihre Sänfte, Schwester.

Mad. Sanfte. Gute Nacht, Schwester.

Mad. Weise. Gute Nacht, meine Liebe. — Was soll ich denken? Nekel kann unmöglich solche Schelmerey begehen. Wie kam aber sein Bedienter hieher? — er sandte ihn die Fenster einzuschlagen, und der Kerl übertrieb seinen Auftrag — so muß es seyn — und was er sagte, war nur ersonnen.

Dreyzehnter Auftritt.

Hr. Weise. Mad. Weise.

Hr. Weise. Ich wünsche ihnen wohl nach Hause zu kommen, Madame, — und daß sie nie wieder ausgehen mögen — Mein Schatz, die Frau hat dich gewiß vor Erstaunen ganz stumm gemacht. Sie ist eine herumwandernde Pest, man sollte sie gar nicht in's Haus lassen. Sie ist vermögend eine allgemeine eheliche Empörung in der Nation anzustiften.

Mad. Weise. Ach mein Schatz! ich wünsche, alles dieses wäre nicht geschehen; ich fühle Mitleid für diese arme Elenden, welche die Noth zu solchen Thaten treibt. Einer von ihnen schien noch so jung zu seyn, er könnte sich noch bessern, wenn er Gnade erhielte.

Die Briefschreiber.

Hr. Weise. Ja, ja, er würde seine Art zu stehlen verbessern, und uns das nächstemal die Hälse abschneiden.

Mad. Weise. Gar zu genaue Gerechtigkeit scheint mir doch zu strenge; vielleicht ist es eine weibische Schwachheit, allein ich könnte doch bitten, daß sie ihm vergeben möchten.

Hr. Weise. Ja, ja, mein Kind, das ist eine weibische Schwachheit, die da macht, daß du um das Leben eines jungen Kerls bittest. Wenn's auf die Weiber ankäme, so würde kein Schelm vor vierzig Jahren gehenkt werden.

Mad. Weise. In einem so jungen Menschen hat das Laster noch keine starke Wurzel gefaßt.

Hr. Weise. Das lügst du, mein Schatz, in einem jungen Kerl hat das Laster oft die stärkste Wurzel. So, nicht weiter davon; genug er soll aufgeknüpft werden, das ist mein Wille. Itzt esse ich meine süße Weinsuppe, und dann zu Bette. Morgen früh gehe ich zum Friedensrichter.

Mad. Weise. Bedenken sie doch, mein Theurer, sie werden die übrigen von der Bande zur Rache anreitzen.

Hr. Weise. Fürchte nichts, mein Kind, in deines Mannes Armen bist du sicher vor Gefahr —

Mad. Weise. Auch vor Vergnügen.

Dritter Aufzug.

Erster Auftritt.

(Ein Zimmer im Stockhause.)

Nichtswerth. Rekel.

Nichtswerth. Ich bitte dich, Thomas, vergieb mir.

Rekel. Dir vergeben! Tod und Verdammniß! Beschimpfest du mich noch in meinem Unglück? Denkst du, ich will, wie ein guter Christ mit weinenden Augen zum Galgen und aus der Welt gehen und allen meinen Feinden vergeben? Willst du mein letztes Gebet hören, hier ist's; sey verdammt von Herzen, von Herzen verdammt!

Nichtswerth. Amen, es geschehe! wenn ich die Absicht hatte, dir zu schaden.

Rekel. Zum Galgen mit deiner Absicht! es ist mir gleich, ob es mit Vorsatz geschah oder

oder nicht; ich will dir und dem Schurken Risico zu gleicher Zeit vergeben.

Nichtswerth. O, lieber Thomas, die Gefahr ist nicht so groß, wie du fürchtest: man wird
nie glauben, daß du meinen Oheim habest bestehlen wollen; dein guter Name wird dich schützen.

Rekel. Man wird aber glauben, daß ich
deinen Oheim habe zum Hahnrey machen wollen; davor wird mein guter Name wohl nicht
schützen; und ich möchte lieber die Welt auf-
opfern, als meine Geliebte. — Beym Element!
ich glaube gar, du hattest die Absicht mich zu
entdecken, um die Tugend deiner Baase zu retten.

Nichtswerth. Lieber wollte ich den Teufel retten! du sollst alle meine Baasen, meine
Mutter und Schwestern haben; ich will ihnen
allen Briefe von dir bringen.

Rekel. Briefe bringen? wenn du mir zwey
Briefe wiederschaffen kannst, die mir weggenom-
men wurden, als man meine Taschen aussuchte,
so will ich dir vergeben. — Es kann nicht ver-
schwiegen bleiben — Dein Oheim Weise hat
zwey Briefe von deinen Baasen, wenn wir die
nicht zurück bekommen, so sind sie beyde verloren.

Nichtswerth. Er wird sie aber schon gelesen haben.

Rekel. So sind sie auch schon verloren.

Nichtswerth. Was stand denn in diesen Briefen?

Rekel. Du kannst leicht rathen, was für Geschäfte wir mit einander haben.

Nichtswerth. Horch, Thomas — es ist doch nichts schmutziges darinnen?

Rekel. Weiter nichts, als eine Einladung von der einen, und eine sehr höfliche Nachricht von der andern, daß sie mich nie wiedersehen will.

Häscher. (tritt herein) Hauptmann, sie sollen vor dem Richter erscheinen. (zu Nichtsw.) Sie, mein Herr, haben ihre Freyheit zu gehen, wohin sie wollen. Sie werden doch ihr Wort halten, und ihre Strümpfe in meinem Laden kaufen? denn, wenn ich den andern Herrn nicht überredet hätte, die Sache in der Güte beyzulegen, so hätten sie auch vor den Richter müssen.

Nichtswerth. Herr Häscher, ich danke ihm, und hoffe, daß wenn ich das nächstemal in seine Hände falle, ich mehr Geld bey mir haben werde. Komm, ebler Hauptmann, sey nicht

nicht niedergeschlagen, ich stehe dir bey, die Folge sey, welche sie wolle. — Herr Häscher, wir wollen gleich kommen. — Höre, ich habe einen Einfall, wie wir meinen Baasen recht leicht durchhelfen können.

Rekel. Was hat dir denn der Teufel eingegeben?

Nichtswerth. Gesetzt, ich lege einen Eyd ab, daß ich die Handschrift nachgemacht hätte. Zum Glücke habe ich den nemlichen Tag mit meinen beyden Oheimen Händel gehabt; so daß wir die alten Herrn überreden können, ich hätte dir die Briefe geschickt, um mich an ihnen zu rächen.

Rekel. Das gienge wohl an, wenn sie eben so bereit wären alles zu glauben, als du bist alles zu beschwören; da dem aber ganz anders ist, so taugt dein Anschlag nichts. Fahre wohl. Es will mir nichts gelingen, so lang ich mit einem so gottlosen Kerl umgehe.

Nichtswerth. Die Einladung muß von meiner Baase Weise seyn, weil er da war. — He! wenn der Brief keine Aufschrift hat, so kanns gut gehen — du bist so eine liebe lüderliche Haut, ich kann dich nicht im Dreck stecken lassen.

Zweyter Auftritt.

Herr Weise. Mad. Weise.

Hr. Weise. Mein! nichts mehr von deinem guten Gemüthe; es ist doch in der That recht gutherzig, den Hals eines Schelmen zu retten, damit er zwanzig ehrlichen Leuten die Hälse abschneiden kann. Das gute Gemüth der Weiber ist eben so wüthend, als ihr böses Gemüthe; sie möchten gerne ohne Unterschied retten oder vernichten. Doch mein Schwager Sanfte wird itzt wohl fertig seyn. Guten Morgen, mein Kind.

Mad. Weise. Ach mein Schatz, sie haben nun einmal die Bande zur Rache gereitzet; ich glaube mich, ohne sie, auch in meinem eignen Hause nicht sicher. Wollen sie also durchaus ausgehen, so nehmen sie mich mit zu meiner Schwester.

Hr. Weise. O, mein Schatz, ich möchte dich eben so lieb zur Masquerade führen. Nein, nein, da sollst du keine Besuche machen. Wenn meiner Schwester-Manns Bruder eine Rasende heyrathet, so soll sie meine Frau nicht verderben. Zu solchen Vorlesungen führe ich dich nicht.

nicht. Du würdest in einer halben Stunde mehr Unartigkeiten von ihr lernen, als aus einem halben Dutzend neuen Komödien; ja mehr als aus den unzüchtigen Epiloguen eben so vieler Tragödien.

Mad. Weise. Wo sie allemal hingehen, und mich doch nie mitnehmen.

Hr. Weise. Ich habe keinen Augenblick zu verlieren. So, guten Morgen.

Mad. Weise. Wollen sie mich denn zurück lassen, damit ich ermordet werde?

Hr. Weise. Es wird dir kein Leid geschehen.

Mad. Weise. Ich denke das Gegentheil, weil ich weis, warum du ausgehst. — Sollte der großmüthige Mensch Ehre genug haben meinen guten Namen zu schonen, kann ich denn zugeben, daß es auf Kosten seines Lebens geschehe, das mir immer werther, als mein guter Name war, und durch solch ein Beyspiel von Ehre noch kostbarer werden wird? Nein, sollte es dazu kommen, so schlage ich meine Ehre in die Schanze, rette meinen Geliebten, und werde selbst Zeuginn seiner Unschuld. — He! Betty!

Dritter Auftritt.

Betty. Die Vorigen.

Mad. Weise. Laß eine Sänfte kommen.

Betty. Madame!

Mad. Weise. Laß eine Sänfte kommen.

Betty. Sind denn Ew. Gnaden entschlossen sich aus dem Hause zu wagen?

Mad. Weise. Ich fange an über die Gefahr zu lachen, die ich befürchtete. Damit ich aber doch nicht zu verwegen bin, so sage dem Bedienten, daß er ein großes Schießgewehr mitnehme, auch die Sänftenträger mit Musketen bewafne. Ich will Muth sammlen, Betty, und meinen Mann sehen lassen, daß ich wie andre Weiber bin.

Betty. Ich bin froh, Ew. Gnaden so herzhaft zu sehen: die Familien gefielen mir immer am besten, wo die Damen am meisten herrschten. Wo die Damen herrschen, da giebt es Geheimniße, und wo Geheimniße sind, da giebt es Trinkgelder. — Ich habe einmal bey einer Dame gedient, die alle Monat ihre Kleider wegschenkte, ohne daß sich ihr Mann dawider setzen durfte.

Mad. Weise. Geh nur, mach geschwinde: ich habe keine Zeit zu verlieren: ich will nur meinen Mantel umnehmen und gleich fertig seyn.

Vierter Auftritt.

Mad. Sanfte. (allein)

Mad. Sanfte. Es ist schwer zu glauben, daß er sich ohne ihr Vorwissen unter ihrem Tische verbergen sollte. Auch kann ich mir keine Noth denken, die ihn zu einer so gottlosen That hätte treiben können. Ihre Betrübniß schien aus einem andern Grunde, als aus der Furcht zu entspringen. Ausserdem erinnere ich mich, daß er auf der letzten Maskerade beynahe eine Stunde mit ihr redete: seine Unterhaltung schien ihr zu gefallen: sie munterte ihn auf, und das wird er wohl nicht unrecht verstanden haben. — So wird es seyn — was auch seine Absicht gewesen seyn mag, sie hat gewiß darum gewußt — er ist falsch, und so fahre wohl, mein guter Hauptmann.

Fünfter Auftritt.

Herr Sanfte. Mad. Sanfte.

Hr. Sanfte. Guten Morgen, mein Schatz; noch nichts neues vom Schwager Weise? Ich habe so eben nachgedacht, wie glücklich es war, daß unser Haus nicht angefallen worden ist — wir hätten es vielleicht nicht so glücklich entdeckt. (bey seite) Arme Närrin, wie wenig argwohnt sie, wer die Mordbrenner sind!

Mad. Sanfte. Der Himmel gebe nur, daß die ganze Bande gefangen werde — ich muß itzt noch mehr Bediente auf die Wache ziehen lassen, wenn ich ausgehe.

Hr. Sanfte. Es wäre weit rathsamer für dich zu Hause zu bleiben, dann braucht niemand als dein Mann auf deine Wache zu ziehen.

Mad. Sanfte. Davon sagen sie mir nichts: ich bin zu Hause eben so wenig sicher, als draussen; denn, wenn die Spitzbuben das Haus anzünden, so wird gewiß keiner darinn bleiben wollen.

Hr. Sanfte. Sie drehet alle meine Gründe wider mich: die, wie Speise verdorbenem Blute dienen, die Krankheit befördern, aber

nicht

nicht heilen. Wohlan, mein Kind, folge deinem Kopf, ich will dir nichts mehr rathen — und wünsche herzlich, daß du nie zu Hause bleiben mögest.

Mad. Sanfte. Warum wünschen sie das?

Hr. Sanfte. Weil ich weis daß du erst gelähmt werden müßtest.

Mad. Sanfte. Ist jemand in der Welt, der Füße zum Ausgehen hat und zu Hause bleibt?

Hr. Sanfte. Höre, mein Schatz, ich hätte mir lieber eine Frau ohne Füße, als eine mit den schönsten Füßen von der Welt gewählt, wenn ich nur sicher gewesen wäre, daß sie daheim geblieben seyn würde; aber nein, die nicht gehen kann, will getragen seyn. Ich habe mich über deine Füße nicht zu beklagen, sie tragen dich selten weiter als bis an die Thüre. Wenn ich die Zahl deiner Begleitenden rechne, so gehst du gewiß auf einem Dutzend Füßen aus.

Bedienter. Der Herr Weise wünscht Ew. Gnaden aufzuwarten.

Hr. Sanfte. Laß ihn herauf — Willst du hier bleiben, und das Verhör mit ansehen?

Mad.

Mad. Sanfte. Nein, ich habe andre Geschäfte; gegen die Zeit bin ich angezogen und erwarte eine Dame, die mit mir zu einem andern Verhör gehen wird; ich meyne die Probe von der neuen Oper.

Sechster Auftritt.

Hr. Sanfte. Hr. Weise.

Hr. Sanfte. Ihr Diener, Schwager Weise; meine Frau sagt mir, sie hätten die Mordbrenner entdeckt. Ha, ha, ha! sie bildet sich gar nicht ein, wer die Briefe geschrieben hat.

Hr. Weise. Nein, und sie eben so wenig, wer es bekennen muß.

Hr. Sanfte. Ich hoffe doch nicht, daß wir es werden bekennen müssen.

Hr. Weise. Nein, nein. Einer von den Dieben im Gefängniß hat sich erboten zu beschwören, daß der andre sie geschrieben habe.

Hr. Sanfte. Wie? sie wissen doch, daß wir kein Zeugniß zulassen können, von dessen Falschheit wir wissen.

Hr. Weise. Und warum denn nicht? Sie legen ja den falschen Eyd nicht ab. Müssen sie denn die Sünden eines andern verantworten?

Hr.

Hr. Sanfte. Sind denn nicht die andern Umstände, ohne den Brief, hinreichend?

Hr. Weise. Ja, die werden ihn an den Galgen bringen: das wird aber unsern Weibern keinen Schrecken einjagen.

Hr. Sanfte. Da bin ich von Herzen froh darüber; ich habe gewiß alle Schrecken, die ich meiner Frau verursacht, theuer genug bezahlt: ich würde mich ganz glücklich schätzen, wenn ich sie nur dahin bringen könnte wieder so böse zu seyn, als sie vorher war. Kurz, Herr Schwager, mich lehrt eine traurige Erfahrung, daß es eben so schwer ist unsre Weiber, wie unsre Leibsbeschaffenheit zu verbessern; nach aller angewandten Mühe wünscht man wieder so zu seyn, wie man beym Anfang der Kur gewesen ist.

Hr. Weise. Gut, Schwager, wenn dem so ist, so habe ich keine Ursache zu bereuen, daß ich kränklich gewesen bin. — Aber, lassen sie sich sagen, Herr Schwager, sie verstehen keine Frau zu regieren.

Hr. Sanfte. Und lassen sie sich sagen, Herr Schwager, sie wissen nicht, was es ist, eine Frau von Geist und Muth zu haben.

Hr. Weiſe. Zum Henker mit ihrem Geiſt und Muth! ich weis, was eine tugendhafte Frau iſt, und vielleicht bin ich der einzige Mann in der Stadt, der weis, wie man eine Frau zu Hauſe halten ſoll.

Hr. Sanfte. Herr Schwager, werfen ſie mir nicht vor, daß meine Frau ausgeht: geſchieht es, ſo iſt es immer in die beſte Geſellſchaft; und was ihre Tugend anbetrift — Herr Schwager, ihre Tugend — meine Frau nennt ſich Lucretia — Lucretia die Zwote: ſie iſt auch gewiß ſo keuſch, als die erſte war.

Hr. Weiſe. Ja, ja, das glaube ich auch — Unterdeſſen laſſen ſie nur ihr zartes Gewiſſen den guten Erfolg meines Plans nicht behindern. Laſſen ſie ſich ſagen, gewinnen ſie nichts bey dieſer Liſt, ſo verlieren ſie viel bey der Entdeckung; denn wenn ſie ihrer Frau ſo ein Geheimniß anvertrauen, ſo ſind ſie nicht Salomon der Zweyte.

Siebender Auftritt.

Häſcher. Rekel. Riſico. Schreiber. Bediente. Die Vorigen.

Bedienter. Herr, hier iſt der Häſcher mit einigen Gefangenen.

Hr.

Die Briefschreiber.

Hr. Sanfte. Bringt sie herein. Herr Schwager, itzt will ich Recht und Gewissen so weit als möglich ausdehnen, um ihnen zu dienen.

Häscher. Kommt, ihr Herren, spaziert herein, und nehmt euren Sitz.

Hr. Sanfte. Sind das die beyden Kerls, Herr Häscher, die gestern Abend in des Herrn Weisens Haus eingebrochen sind?

Häscher. Ja, Ew. Gnaden.

Risico. Wir sind die beyden Spitzbuben, Ew. Gnaden.

Hr. Weise. Dieser Kerl verlangt als Angeber wider den andern zugelassen zu werden.

Risico. Ja, ich gebe an, und erhalte des Königs Gnade.

Hr. Sanfte. Wo ist mein Schreiber? Herr Tuckmäuser, nehm er diesem Kerl den Eyd ab.

Risico. Ew. Gnaden erlauben; ich habe eine Art von Gewissensscrupel; man hat mir gesagt, daß sie lieber Spitzbuben miethen, um wider andre zu schwören, als sie hernach bezahlen, wenn es geschehen ist. Wenn es also das nemliche ist, so zahlen sie mich lieber zum voraus.

Hr. Sanfte. Was will der dumme Kerl?

Hr.

Hr. Weiſe. Vielleicht brauchen wir ſeine Angabe nicht; wir haben einige Papiere in der Taſche des andern gefunden. Hier ſind ſie; ich habe nur eins eröfnet, und das enthält den ganzen Plan ihrer Verſchwörung.

Hr. Sanfte. Herr Tuckmäuſer, leſe er dieſe Papiere.

Tukmäuſer. (liest) Für den Fähndrich Rekel. Die Parole: Plündern.

Hr. Weiſe. Plündern iſt die Loſung?

Tuckmäuſer. Morgen auf die Wache, Fähndrich Rekel, zwey Feldwebel, zwey Korporals, ein Tambour, und ſechs und dreyßig Mann.

Hr. Sanfte. Die Spitzbuben ſind miteinander incorporirt, ſie machen ein Regiment aus — bald werden wir eine beſtändige Armee von Spitzbuben, wie von Soldaten haben.

Hr. Weiſe. Heute ſechs und dreyßig Räuber in der Stadt! Herr Sanfte, wir müſſen unſre Häuſer bewahren — noch vor Nacht befürchte ich von Feuersbrünſten und Mordgeſchichten zu hören.

Hr. Sanfte. Ja, Schwager Weiſe, wir müſſen die Stadtmiliz beſtändig unter Waffen halten.

Hr. Weiſe. O, die ſind dazu nicht tauglich

lich, gar nicht tauglich. Sechs und dreyßig blutgierige Kerls schlügen sie alle in die Flucht—zum wenigsten müßte man solchen sechs und dreyßig Kerls hundert von der Garde zu Fuß entgegen stellen.

Hr. Sanfte. Herr Tuckmäuser, lese er weiter, wir werden gewiß noch mehreres entdecken.

Tuckmäuser. Hier ist die Hand eines Frauenzimmers. Ew. Gnaden.

Hr. Sanfte. Lese er's; es giebt weibliche und männliche Räuber.

Tuckmäuser. (liest) „Seyn sie zur bestimm-„ten Zeit hier, mein Mann ist glücklicher Weise „nicht zugegen. Ich wünsche, daß ihre Glückse-„ligkeit, wie sie sagen, gänzlich in dem Vermögen „ihrer Freundinn seyn möge.
Elisabeth Weise."

Hr. Weise. Was ist das? Wer ist das?

Tuckmäuser. Elisabeth Weise.

Hr. Weise. (er reist ihm den Brief aus der Hand) Bey aller Pest und Plage der Hölle, meiner Frau selbsteigne Handschrift!

Hr. Sanfte. (bey seite) Ich habe allezeit vermuthet, man würde über kurz oder lang entdecken, daß sie nichts bessers wäre, als sie wirklich ist.

Hr. Weise. Ich bin erstaunt, sprachlos, versteinert.

Hr. Sanfte. Was fehlt ihnen, Herr Schwager Weise? Ihre Frau unterhält doch gewiß keinen Briefwechsel mit Räubern; ihre Frau! die aus Furcht für Räubern sich nicht aus dem Hause wagte; die einzige Frau in der Stadt, die ihr Mann zu Hause halten kann.

Hr. Weise. O, Furien der Hölle, ich werde zum Gespötte der Stadt werden!

Tuckmäuser. Erlauben Ew Gnaden, hier ist noch ein Brief von der Hand eines Frauenzimmers.

Hr. Sanfte. Gewiß, von der nemlichen.

Tuckmäuser. (liest) „Mein Herr, ihre „Aufführung hat mich zu dem Entschluß gebracht, „sie nie wieder zu sehen; finden sie inskünftige wie„der Zutritt in dieses Haus, so wird es wenigstens „nicht mit meiner Einwilligung geschehen; denn „ich wünsche, sie möchten sich nach diesem nie erin„nern, daß wir einander gekannt haben.

Lucretia Sanfte."

Hr. Weise. Ha!

Hr. Sanfte. Lucretia Sanfte? — Gebt
mir

Die Briefschreiber.

mir den Brief — Schwager Weise, das ist gewiß eine nachgemachte Hand.

Hr. Weise. Freylich. Wie kann der Brief von Lucretia der zweyten kommen? sie, die so keusch ist, wie die erste war — sie wird doch mit Räubern keinen Briefwechsel halten, sie, die nie ausgeht, als in die besten Gesellschaften der Stadt!

Hr. Sanfte. Es ist unmöglich!

Hr. Weise. Das mögen sie immer denken: ich, der ich die Weiber besser kenne, bin nicht so leicht zu befriedigen — ich will meine Frau herholen, und wenn sie sich nicht in allen Stücken rechtfertiget, Herr Schwager, so sollen sie sie mitsamt ihren Spitzbuben den Geschwornen übergeben — Ha! was sehe ich! eine Erscheinung!

Achter Auftritt.

Mad. Weise mit Wache. Die Vorigen.

Mad. Weise. Laßt die übrigen von meiner Wache draußen bleiben — Guten morgen, mein Schatz.

Hr. Weise. Dies ist eine Verblendung; dies kann nicht wirklich seyn.

Mad. Weise. Ich sehe, mein Schatz, sie sind bestürzt über meine Herzhaftigkeit; denken sie aber nicht, daß ich mich allein hieher gewagt habe. Ich habe ein ganzes Regiment Wache bey mir.

Hr. Weise. Du hast ein ganzes Regiment Teufel bey dir.

Mad Weise. Ha, ha, ha!

Neunter Auftritt.

Mad. Sanfte. Die Vorigen.

Mad. Sanfte. Viel Glück zum Ausgang, Schwester Weise; so bald mir meine Bedienten sagten, daß sie hier wären, bin ich die Stiege herauf geflogen.

Mad. Weise. Ich danke ihnen recht sehr, Schwester; ich wünsche nur, daß diese Bestürzung keine üble Wirkung auf den armen Herrn Weise haben möge; er sieht aus, als wenn er eine Erscheinung gesehen hätte.

Mad. Sanfte. Alle ihre Bekannten werden sich wundern: sie werden hundert Besuche ablegen müssen, ehe man es glauben wird.

Mad. Weise. O, meine Liebe, so viele will ich machen, noch ehe ich wieder nach Hause kehre.

Hr.

Hr. Weise. Höllische Plagen und Furien!

Hr. Sanfte. (zu Hr. Weise) Itzt, Herr Schwager, sind sie nicht auch bald ihres Briefprojekts müde?

Hr. Weise. (zu seiner Frau) Höre, Krokodil — Teufel! komm her, kennst du diesen Brief? (Hr. Sanfte zeigt zu gleicher Zeit der Mad. Sanfte den andern Brief.)

Mad. Weise. (erschrocken) — Ha!

Hr. Weise. Du wußtest deine Furcht recht tapfer zu verstellen; der Gedanke an den Feind erschröckte dich, und doch hieltest du ein geheimes Verständniß mit ihm.

Zehnter Auftritt.

Nichtswerth. Die Vorigen.

Nichtswerth. So, meine Herren Oheime, wie ich sehe, halten sie die Zusammenkunft wechselsweise. Herr Oheim, sie werden doch nicht mehr böse über das seyn, was ich gestern Abend sagte. Sie wissen, wenn der Mensch betrunken ist, so ist seine Vernunft nicht nüchtern; und wenn seine Vernunft nicht nüchtern ist, so kann derjenige Mensch, welcher nach seiner Vernunft handelt, nicht nüchtern handeln. Da haben sie Logik: sie sehen, daß ich nicht alle meine Universitätsgelehrsamkeit vergessen habe.

Hr. Weise. Davon wollen wir ein andermal reden.

Nichtswerth. Nun, Frau Baaß Weise; söhnen sie mich doch mit meinem Oheim wieder aus ich würde sie, nach ihrer Einladung, gestern Abend, als mein Oheim abwesend war, noch besucht haben: allein ich war in Gesellschaft. Ihren Brief, Baaß Sanfte, habe ich auch empfangen.

Mad. Sanfte. Meinen Brief, du Unthier?

Nichtswerth. Ja, Madame, haben sie mir nicht gestern Abend einen Brief geschrieben, daß sie mich nie wieder seh'n wollten, imgleichen, daß ich vergessen sollte, daß wir je mit einander bekannt gewesen wären: ja schämen sie sich nur, es zu bekennen; sie, die sie aus gutem Herzen allen Zank und Hader zwischen Verwandten beyzulegen suchen sollten — Ha! was sehe ich! Hauptmann Retel.

Re-

Rekel. Du siehst einen, der hier mit Recht Strafe leidet, weil er dich beleidiget hat. Die zwey Briefe, wovon du redest, nahm ich gestern Abend aus deinem Schreibtische weg, welchen du von ungefehr offen gelassen hattest. Die Lobeserhebungen, die du so oft und mit so vielem Rechte von dieser Dame gemacht, feuerten mich an, ich machte mir die Gelegenheit zu Nutz, als ich nach ihrem Brief wußte, daß ihr Mann abwesend seyn würde, und stieg durch's Fenster ins Kabinet: was weiter vorgefallen, brauche ich nicht zu sagen, eben so wenig, was meine Absicht war.

Nichtswerth. Meinen Schreibtisch bestehlen?

Rekel. Verzeihe mir, guter Junge, diese Damen haben am meisten Ursache, sich zu beklagen: denn diese Briefe sind in meiner Tasche gefunden worden, und dieser Umstand hätte beynahe einen Verdacht erweckt, der eben nicht zu ihrem Vortheil gewesen seyn würde.

Mad. Weise. Vortreflicher Mann!

Rekel. Meine Herren, belieben sie die Briefe zu besehen, sie werden finden, daß die Aufschrift nicht an mich ist.

Mad. Weise. Sie haben gar keine Aufschrift.

Hr. Sanfte. Hab' ichs nicht gesagt, Schwager, daß meine Frau nicht strafbar seyn könnte?

Hr. Weise. Ich bin herzlich froh, daß meine es nicht ist — itzt siehst du, Frau, was dein Ungehorsam gegen meine Befehle beynahe veranlaßt hätte — Hab' ich dir nicht oft auf's strengste anbefohlen, nie an diesen Halunken zu schreiben?

Mad. Weise. Er ist nachläßig mit meinen Briefen gewesen, künftig soll er keine mehr bekommen.

Hr. Weise. Und sie, Vetter, halten Gesellschaft mit Straßenräubern?

Nichtswerth. Wie so? Oheim.

Hr. Weise. Wie so? das werden sie sehen, wenn ihr guter Freund nach Newgate geschickt wird. Schwager Sanfte, verweisen sie doch diese Kerls gleich an das Obergericht.

Nichtswerth. An das Obergericht? Wen?

Hr.

Die Briefschreiber.

Hr. Weise. Diese zwey ehrliche Herren, ihre guten Freunde, die in mein Haus eingebrochen sind.

Nichtswerth. Wissen sie, daß dieser Herr ein Officier von der Armee ist?

Hr. Weise. Das gilt mir gleich. Wenn er Officier ist, so beweißt das weiter nichts, als daß ein Spitzbube unter einem rothen Rock stecken kann, so, wie sie in kurzem beweisen werden, daß es auch unter einem schwarzen möglich ist.

Nichtswerth. Sie werden sich lächerlich machen; das ist alles, was sie dabey gewinnen werden. Ich bin Zeuge, daß der Hauptmann keine böse Absicht auf ihr Haus hatte.

Hr. Weise. Wollen sie vielleicht nicht auch bezeugen, daß er den Brief nicht geschrieben habe, in welchem er meine Frau zu ermorden drohet?

Mad. Sanfte. Das will ich thun. Wenn hier jemand als Mordbrenner überführt werden muß, so wird's um euch beyde schlecht aussehen — Ich habe euch zugehorcht, als ihr euer schönes Komplot machtet — Schwester Weise, kennen sie diese Hand? — dies ist der drohende Brief. (zeigt einen Brief)

Mad.

Mad. Weise. Das ist doch wohl nicht meines Mannes Hand?

Mad. Sanfte. So gewiß, wie der, den sie empfangen haben, von meinem Manne geschrieben worden ist.

Mad. Weise. Ich erstaune! Was kann das bedeuten?

Mad. Sanfte. Sonst nichts, als ein neues Mittel die Frau zu Hause zu halten; welches mein Mann gewiß herzlich bereuen wird.

Hr. Sanfte. Ja, wahrhaftig, das thue ich auch.

Mad. Weise. Ist es möglich, daß diese schrecklich drohenden Briefe von unsern theuren Männern kommen!

Mad. Sanfte. Von den nemlichen Händen, die uns wider alle unsre Feinde beschützen sollten.

Hr. Sanfte. Herr Schwager Weise, wir sind nun einmal entdeckt worden; wir wollen unsre Fehler bekennen und um Gnade bitten. Mein Schatz, ich will mich glücklich schätzen, wenn du deine vorige Lebensart wieder anfangen, und nach wie vor wieder ausgehen willst.

Hr.

Die Briefschreiber.

Hr. Weise. Bald werde ich auch den nemlichen Handel eingehen müssen.

Mad. Sanfte. Sehen sie, mein Schatz, das Schiesgewehr will ich hinführo zu Hause lassen: aber den einen Bedienten mehr will ich beybehalten, der soll als das Denkmal meines Sieges da bleiben.

Hr. Sanfte. Nun, Schwager, was wollen wir mit dem Gefangenen anfangen? Der Eyd dieses Kerls wird vor dem Obergericht nicht viel gelten.

Hr. Weise. Machen sie, was sie wollen; ich bin so froh, und es thut mir so leid; das Ding gefällt und mißfällt mir so; ich bin fast nicht bey mir selbst.

Rekel. Ich habe ihnen vorhero gesagt, wie die ganze Sache ablaufen würde. Ich versichre sie auf meine Ehre, daß ich auf nichts, als ihre Frau eine Absicht hatte.

Hr. Weise. Ganz unterthäniger Diener, mein Herr. Das kann man ihnen nach der Leerheit ihrer Taschen wohl zuglauben; allein dieses Herrn seine waren angefüllt, er muß also wohl eine andre Absicht gehabt haben.

Hr.

Hr. Sanfte. Kerl, wo war dein Gewissen, da du einen falschen Eydschwur ablegen wolltest?

Risico. Wo das ihrige war, als sie mir den Eyd abnehmen wollten, und doch wußten, daß ich falsch schwören würde. Kurz, meine Herren, halten sie das Maul, das wird am besten für sie seyn, sonst mache ich rechts um, und verrathe sie alle beyde. Mein Herr wird mir, wie ich hoffe, vergeben: denn ich wollte nur erst ihre Belohnung haben, und dann hätte ich von allem das Gegentheil beschworen. — (zu seinem Herrn) Wenn Ew. Gnaden mir nicht vergeben, so bekenne ich, daß ich die Briefe von den Damen gebracht habe, und verderbe alles.

Nekel. Wenn du dich bessertest, vielleicht — wenn ich dich nur erst beym Regiment habe. —

Nichtswerth. Nun, Oheim Weise, sie sind doch nicht mehr böse?

Mad. Weise. Lassen sie mich ein gutes Wort für ihn reden, mein Schatz.

Hr. Weise. Du willst allezeit für ihn reden: ich wünsche, seine eigne gute Aufführung möchte es thun. Nun, der Religion zu Liebe, will

Die Briefſchreiber. 95

will ich ihm kaufen, was er wünſcht, eine Officiersſtelle bey der Armee; deſto eher er hernach vor den Kopf geſchoſſen wird, deſto beſſer iſt es.

Rekel. O, Bruder, kommſt du zu uns, ſo wird es auch noch dereinſt in meinem Vermögen ſeyn, dir den heutigen Freundſchaftsdienſt wieder zu vergelten — ihnen aber, Madame, werde ich nie Genugthuung geben können, wegen meinen böſen Anſchlägen auf ihre Tugend —

Mad. Weiſe. Anderſt nicht, als daß ſie inskünftige ganz davon abſtehen.

Mad. Sanfte. Wenn gleich meine Schweſter ihnen die Beleidigung verzeiht, ſeyn ſie verſichert, ich verzeihe ihnen ewig nicht.

Hr. Sanfte. Ey, ey, mein Schatz, du ſollteſt mehr Neigung zum Vergeben blicken laſſen — die Händel werden ja alle freundſchaftlich beygelegt, du ſollſt der Geſellſchaft ein Frühſtück geben, und wir wollen mit einander darüber lachen.

Rekel. Meine Damen, ich will ihnen einen guten Rath geben; — ſchreiben ſie nie

ihren

ihren Namen unter einen Liebesbrief — Und sie, meine Herren, um dem zuvorzukommen — denken sie nicht durch Gewalt oder List ihre Weiber einzuschliessen. Englands Gesetze sind zu edel, um das erste zu erlauben, und seine Damen zu witzig, um durch ihre Männer überlistet zu werden. Lassen sie dieses ihre Hauptmaxime seyn; eine Frau wird selten Vergnügen außer Hause suchen, deren Mann wesentliches Vergnügen mit nach Hause bringt.